claro & profundo

poemas reunidos

KOTTER
EDITORIAL

Kotter Editorial

coordenação editorial
Sálvio Nienkötter

editor executivo
Raul K. Souza

capa
Paula Villa Nova

editoração
Maria Luiza de Carvalho Rodrigues

produção
Cristiane Nienkötter

Dados Internacionais de Catalogação na Publicação (CIP)
Angélica Ilacqua CRB-8/7057

Oliveira, Froilam
Claro & Profundo | Froilam de Oliveira.
Curitiba: Kotter Editorial, 2019.
164 p.

ISBN 978-65-80103-27-0

1. Poesia brasileira I. Título

CDD B869.1

19-0822

Kotter Editorial
Rua das Cerejeiras, 194
82700-510 | Curitiba/PR
+55 41 3585-5161
www.kotter.com.br | contato@kotter.com.br

1ª Edição
2019

claro & profundo

poemas reunidos

Froilam de Oliveira

"E tu, poeta, encantador de imagens e palavras"

Livro de Silbion – Carlos Nejar

sumário

ponteiros de palavra

reciclagem

"Há um buraco negro com massa de cerca de 4 milhões de vezes a do Sol no centro da nossa galáxia, a Via Láctea"
Stephen Hawking

além daquelas
estrelas
buracos negros
convexos
são estruturas
que viram
este universo
          ao avesso

do lado que
se desvira
matéria-prima
pó(eira)
novo universo
expandido
pós-reciclado
          disperso

céu afora

pelo céu afora
quem deitou
        estrelas?
espargiu
m.i.g.a.l.h.a.s
de hiper
        claridade?

foi um deus
        perdido
louco apaixonado
a marcar caminho
para a etern
        idade

pintor

nos trigais
da manhã
o vento
se inventa
em ondas
que vêm
        e vão
e vêm
        e vão

o vento (com
o louro
dos trigais)
pinta o próprio
mo   men
    vi   to

paisagem urbana

Para Therezinha Lucas Tusi
(in memoriam)

na floração
dos ipês
as ruas
desta cidade
são passarelas
de flores
para os encon
tros da tarde

o céu fechado
se azula
sobre o telhado
das casas
e as borboletas
retornam com
semeadura
        nas asas

percussão

o vento
sopra
o fio

o fio
c
o
r
t
a
o vento

tenso
fio

lasso
vento

asso
vio

as pombas

Praça Carlos Gomes
Curitiba (1991)

as pombas
pas
    seiam

dentro
da praça

fora
da pressa

cheias
de graça

as pombas
em paz
    ceiam

gaivota

a gaivota
voa voa
em volta
da vela

voa e vela
a jangada
em vaivém
sobre a água

toda espera
tem a paga:
o peixe
lançado
        n'água

silogismo

todo pássaro
voa

o pensamento
voa

logo

o pensamento
é pássaro

composição

o homem
feito de ar:
côn
      cavo

o homem
feito de mar:
sal
     ífero

o homem
feito de lama:
terrí
         geno

o homem
feito de fogo:
ferr
      ígneo

o homem
feito (de) deus:
aní
     mico

círculo
(não-vicioso)

o barro
se fez
homem
o homem
consciência
a consciência
se fez
        deus
(a mais doida
transcendência)
o deus
se fez
homem
o homem
barro
outra vez

tales

"A filosofia grega parece começar com uma ideia absurda, com a proposição: a água é a origem e a matriz de todas as coisas. Será mesmo necessário deter-nos nela e levá-la a sério? Sim, e por três razões: em primeiro lugar, porque essa proposição enuncia algo sobre a origem das coisas; em segundo lugar, porque o faz sem imagem ou fabulação; e enfim, em terceiro lugar, porque nela, embora apenas em estado de crisálida, está contido o pensamento: tudo é um"

Friedrich Nietzsche

na água
o mundo
flu ~ tua
a terra
    o sol
    a lua

na água
tudo tem
origem
e
desá
        g
            ua

xenófanes

o grande engenho
do homem
que o levaria
aos céus
montado
sobre o abdômen

foi deus

heráclito

"Este mundo, que é o mesmo para todos, nenhum dos deuses ou dos homens o fez; mas foi sempre, é e sempre será fogo eternamente vivo, que se acende com medida e se apaga com medida"

Heráclito de Éfeso

fogo logos
divindade
três nomes
identificam
a unidade
do mundo
que sempre
foi e sempre
será aceso
ou extinto
com medida
dos contrários
que se acham
num fluir
constante
e necessá
(rio)

leucipo

na grande orden(ação)
do cosmos
o ser e o não-ser
                            são

tributo a kant

o céu estrelado
fora
cumula
de encantamento
aquele que traz
um mundo
de luzes acesas
dentro

liberdade

livre-arbítrio
sem árbitro

tijolavra

tijolo
sobre tijolo
= construção

palavra
sobre palavra
= verdade

tijolo
sobre palavra
prisão

palavra
sobre tijolo

liberdade

forma

a forma
do pão
traz a fôrma
e desta
a forja
que a tudo
trans
      forma

a forma
da fome
traz a jorna
e desta
a corja
que engorda
e governa

a forma
do fim
traz o meio
do mais
o menos
do velho
a reforma

a forma
da fôrma
não firma
se for(má)
sem norma
deforma

lavrador

ninguém fez
pelo país
mais que o homem
e seu arado

o suor
caído à verga
tornava o solo
irrigado

a espiga
virou
(mo)eda

a vida
pão
sazonado

165

trago
estrada
est   a
       r   g

                    o

álcool
problema
al**g**ema

ás
sem tino
assaz
          sino

prova de gramática

Para Eugênio Gastaldo
(in memoriam)

o quinau vermelho
orto
        gráfico **X**

bolo esfero
        gráfico **O**

revela a vaidade
o viés
do velho
professor
de português

fonética

a b
surdos
não
se son
oros

nova era

deus
perde
o “d”

eus
em luz
e fé(r)

hetero

ser
é ter
o
ser
uno

ciclo

a cada flor
dada
uma pedra
          da

a cada pedra
uma palavra
          dada

a cada
palavra
uma flor
          medra

a cada
pedra
          da

jus privatum

nenhuma lei
prende mais
que o conjúgio

por trás
do desígnio
o jugo

a promessa
como ajoujo

não há fugir
sem litígio

novo juízo
e ágio

o verbo
que junge
os cônjuges
des
      con
            juga

a
b
i
s
m
o

abismo sobre
a cama
vai além
da madrugada
quando o
corpo é
travessia
de uma
forma inesperada

narciso

"Narciso fugiu, e a ninfa, envergonhada, correu para se esconder no recesso dos bosques"

Mitologia Grega

liberto do
encantamento
agora grito
seu nome
por vales
montes
cidades
mas eco não
me responde

pigmalião

pigmalião
desafortunado:
não há deus
a insuflar vida
na galateia
dos sonhos
meus

inviso trem

o tempo arrasta mil vagões por hora,
num tique-taque que de longe vem,
tomando os túneis que minh'alma tem
para levar um pouco dela embora

a pressa a tudo toca, sem demora
meu corpo não escapará também
atropelado pelo inviso trem
que rodará sem freios noite afora

irresoluto, encontro-me perdido
à espera do que já passou por mim
no vácuo do meu sonho não vivido

os olhos fitos no horizonte (à frente)
uma ilusão que só posterga o fim
e o tempo – eterno maquinar presente

sangria

meus dedos
sangram
algumas vezes

chagas
se abrem
por onde
escorre
um pouco
da alma

fica no papel
uma mancha
com forma
de palavra

metáfora
que encontra
alívio
na sangria

ofício

abra cada
palavra
com a vara
da imagin
     ação

abrace
sua mais cara
acepção

cada palavra
tem uma mágica
rara

abra
   cada
      bra

canto claro

só com o canto
de um galo
passa a existir
madrugada

de alguém
que queira
imitá-lo
com a mais
fresca palavra

sob a dança
das estrelas
cantar o canto
mais claro

(já encantado
por elas)

só com o canto
de um galo
passa a existir
madrugada

verve

o poeta
cava poço
no silêncio
que se ouve
para dentro

não é fácil
arrancar
as próprias dores
como pedras
encravadas

o poeta cava poço
na dureza
de sua alma

à procura da vertente
ou da mais
pro
    f
    u
    n
    d
    a lavra
o poeta cava poço
com ponteiros
de palavra

ora

Para Oracy Dornelles

ora
só
ora
com

ora
cor
ora
som

ora
céu
ora

ser
ora
cy

crítica

poesia
concreta
fez niemeyer
:
nenhuma
metáfora
abstrata

único

a lida não termina
no final da linha
no alinhar do ritmo
e da rima

outras penas
houveram-se
bem no afã
da faina
em chinês

grego latim
      e rúnico

pela linguagem
e estilo
o poeta
é sempre único

(filho
de ser
          dado
do des
          tino)

mudança

o mundo muda
menina
conforme
    sua poesia

a vida
se regozija
na companhia
    das musas

o mundo medra
e ilumina
toda palavra
    madura

a vida faz-se
metáfora
e se desfaz
em doçura

na companhia
das musas
o mundo muda
    menina

borboletas

palavras
quando as procuro
são borboletas
esquivas

tento pegá-las
(à toa)
com alfinetes
em brasa

mas quando
minha alma voa
não há palavras
com asa

são borboletas
cativas

canto .

Para Ney A.
(in memoriam)

o canto
do poeta

espaço
que ocupa

(claro ou
escuro)

o canto
do poeta

versovoz
discurso

(raso ou
profundo)

carnaval

a carne vai
ao vale
do jaguar
e

fica aqui
o sossego
a alma da cidade
com os olhos
alagados
de manhã

sem o aval
da lei
a carne vai
ao vale
e vem
depois do carnaval

telenovela

na hora da novela
tudo para no país
tudo tela
para ver o galã
e a belatriz
caracara
peloapelo
numa boa vida
de vergonha avara

destino

destino é sempre
uma escolha
um rumo
na encruzilhada

um passo dado
no escuro
uma armadilha
na estrada

um jeito
de caminhar
que determina
a chegada

brincadeira

a matéria escura
responde
por todos os mistérios
onde os deuses
se escondem
dos homens
(seguidores
da claridade)

nessa brincadeira
de cabra-cega
ou de quebra
        de braço
deuses e homens
cairão um dia
numa fratura
        do espaço

viés

outro céu
nesta manhã?

outros olhos
o percebem?

retórica
heraclitiana

mesma coisa
e mesmo ser

outro apenas
o azo
              a vez

fuga

"A atividade sexual da criança não se desenvolve nos mesmos padrões que as suas outras funções, mas dilui-se em primeiro lugar no chamado período de latência"

Sigmund Freud

os anjos (da guarda)
se foram escandalizados

freud descobrira
a sexualidade
infantil

imagem

a boca
da noite tem lábios
de vento

impressão

Vaga lembrança de uma aquarela
Porto Alegre (1981)

o mar é roxo
verdes são
teus olhos
          azuis

vozes e vertentes

as palavras

as palavras
são poucas
e são tantas
as palavras
são santas
e são outras
as palavras
são simples
e são mantras
as palavras
são certas
e são loucas
as palavras
são tintas
e são brancas
as palavras
são presas
e são soltas
as palavras
são poucas
e são tantas
as palavras

discurso

há dis
curso
entre palavras
que levanta
ca**t**edrais

fruta doce

o poema se faz
com a captação
de uma imagem
– amora
que se colhe
da imaginação
ou da memória

as palavras
não passam
de instrumento
– vara
com que se apanha
essa fruta
de doçura
                    rara

imaginação

a imaginação
é toca
do coelho

onde cavalos
azuis
vermelhos
saem dos quadros
de franz marc

uma gérbera
a iluminar
os cabelos
            de alice

argonauta

O fecho deste poema é uma coincidência rara com Poética de Cassiano Ricardo, a inexistir o plágio.

o papel em branco
é um mar
por onde navego
sem rumo
determinado

o que importa
é encontrar a poesia
em qualquer lugar

ilha cercada
de palavras

cósmico

a poesia
é fuga
alto
o
para

no fundo
dos olhos
tenho brilho
de estrelas

velhos temas

de tempo em tempo
retomo velhos
temas
sentimentos
que vivo
não apenas
sentimentos
que vivo
são meus temas
recorrentes
de tempo em tempo

espigas de luz

Rua Duque de Caxias
Santiago (2009)

em plena manhã
a pomba arrulha
no meio das folhas

o sol
amadurece
espigas de luz

sobre as pedras
caducas
da duque
me equilibro
(para ouvir
a pomba
e apanhar o sol)

rosário

o rio da minha
infância
hei de pisar
outra vez
com os pés
        de ontem

vento norte

Era uma vez no Rincão dos Machado

um jequi
de lembranças
para ouvir
as cachoeiras
do
    r
        i o

elegia

meus sapatos
    jazem
sobre as ásperas
    pedras

(marca dolorosa
na memória
   dos ossos)

nuvens e sarjetas
me orientam
ao encontro
    da tarde

minha casa

minha casa
se enche
de sonhos
que flutuam
para fora
onde amanheço
preso ao real
que persiste
até voltar
para dentro
onde a dor
                    meço

espantalho

a dor não
me assombra
sou seu próprio
espantalho
nesta lavoura
de ossos

fluxo necessário

o tempo solda
meus poros
          a frio

as pálpebras
intumescidas
na manhã

quando o dia
               (rio)
me arrasta
      para fora

onde a vida
é fluxo
necessário

atirador

minha lucidez
é preciso
tiro de fuzil
(contra a carne
do discurso)

minha lucidez
é incômoda
réstia de sol
(ofusca
pela claridade)

[...]

tenho cunhetes
de fogo
atilhos de luz
e comandamento

quem
há de?

cada pedra

cada pedra
desta cidade
é um martelo
que bate
para cima
contra nervos
músculos
e ossos
me pregando
de cabeça
nas esquinas
suspensas
da tarde

dual

devido à dúvida
me divido
em dois:

um duvida
da vida
outro a vive

um multiplica
a dívida
outro a dádiva

um diaboliza
outro
endeusa

dividido
sou:
indivi
        dual

empatia

quem sou
só sei
se saio
de mim

o outro
só sabe
quem é

se sai
          de si

só sei
quem sou
e quem é
o outro

se somente
o outro sabe
que sei
quem sou

nó górdio

"O homem é uma corda atada entre o animal
e o super-homem – uma corda por cima do
abismo"
Nietzsche

um nó górdio
me amarra
o passado
ao presente
o presente
ao futuro
(à dúvida
de hamlet)

entre ontem
e amanhã
o presente
é corda
em que me
l
equi ibro
sobre o abismo

outridade

difícil
ser eu

o outro
me invade

para levar
metade
de mim

e deixar
de si
metade

confissão

a dor sem dó
ou adorno

me despe de tudo
em torno

me torna tão só
no centro

da dor que pror
rompe dentro

morte

a morte anda de dia
sem sombra
e afiada gadanha

humanizou-se
com vestes (e vistas)
das vítimas

homiziada
entre aqueles
que realizam
seu mister

a morte anda de dia
bem descansada
                    da vida

algaravia

o dia abre
sua oficina

o sol dá
a têmpera

metais não
são homens
fundidos

nas forjas
da algaravia

metamorfose

o tempo vivo
é o que conta
– borboleta
que deixou
o passado de larva

o presente
é quando
não se percebe
a metamorfose

o presente vivo
é o que conta
– borboleta
que deixou
o passado de larva

o tempo
é quando
não se percebe
a metamorfose

natureza

toda pedra
traz dentro
o fogo
que a ordena

todo fogo
a pedra
que o alimenta

pedra
e fogo
em mim

duro
ilumino

lógica

a falácia
é fala
macia
(gr)ávida
de vez
e via

diversa
do sofisma
da vilania
contudo
a falácia
é in
    válida

giro

o tempo
não para
continuidade
ab so luta
roldana
que gira
sob os pés
do homem
(saltimbanco
que por hora
se equilibra)

o tempo
não para
        so
ab   luta
    mente

goiabas

as goiabas
amadurecem
sobre o muro
e o silêncio
da tarde
penetra
as janelas baças
da casa
(que escorre
por dentro
viscosa
e doce como
as goiabas)

pressaga

a madrugada
me atravessa

longa adaga
de uma liga
imaterial

e pressaga

romântico

o vento é diapasão
para as notas
do meu canto

(em dó
          maior)

reflexo

esse refletido
no espelho
é frágil casca
de mim
que o tempo
estica encolhe
para caber
o de dentro
sem imagem
possível
no ser um
e ser todo
– clivagem

deus

um big bang
a cada batida
do coração
              de deus

uma estrela explode
e outra se   cria
a cada *quantum*
liberado de sua
              energia

toda a matéria
iluminada
e escura
constitui seu corpo
em movimento

o universo
é deus
visto por dentro

josias

a fé
luzia
nos olhos
do rei

judia
a grei
(querida
de deus)

jerus
        além

o templo
o livro
a lei

gaza

gaza não goza
de paz – a
faixa é guiza
que não acaba
sob o céu de fogo
à guisa de gaza

motivo cristão

o m e

m e d

e d o

finados

os mortos
acontecem
toda hora
a memória
dos vivos
no entanto lhes consagra
uma fragrância de flores
murchas pacote de velas
uma marca no calendário
uma triste
lembrança
um retrato
esmaecido
na parede
pouco mais
e o olvido

tropeiro

Para Benevenuto Flores Machado
(in memoriam)

alemão era tropeiro
de horizontes

a pálpebra caída
dava seriedade
às suas histórias

tropeiro de horizontes
e palavras

lembrança

1

o trem rompe a quietude
da tarde
onde um vilarejo
cresce sob o mormaço

uma menina sorri
para os passageiros
e suas mãos
exalam laranja madura

2

o vilarejo
ficou para traz
o trem
abandonado
na estação

a menina (todavia)
acena de algum lugar
já transformado
                em poesia

águias reiunas

águias reiunas
para amansá-las
me fiz lonjuras

sob a luz
dilucular
juntei plumas

nas pedras
verticais
armei nichos

nenhuma asa
ouvida
na amplidão

tampouco
o crocitar
dos bichos

noutras alturas
hão de voar
águias reiunas

tropel

o dia chega
no apagar
das luzes

a noite foge
para além
do poente

atropelado
bando
de avestruzes

de escuras penas
vai-se
de repente

(por asas
do outro lado
chega o dia)

vento

o vento vágil
vigia
faz ronda
na madrugada
farfalha
zune
assovia
sobre a cidade
ensombrada

luar

bordado de prata
para emendar
as horas
no tecido
inconsútil
          da noite

yin-yang

na face escura
do dia
a noite
faz-se no claro

na face clara
da noite
o dia
faz-se no escuro

o amor
se faz
nos opostos
f   f
   a a
   c c
e   e

cantares

"Os teus seios são como duas crias gêmeas de uma gazela, que se apascentam entre os lírios"
Cantares

lençóis tecidos
de sonho
protegem
de madrugada
o trigo
que amadurece
no ventre fértil
da amada

meus dedos
(vento macio)
desenham
ondas na flava
lavoura
destes cantares
onde mal
cabe a palavra

apelo

se pele há
pelo

se há pelo
apelo

em pelo
se há de

torpedos

descobri que as estrelas
viram pó
quando caem do céu

e do pó
nascem flores
corações
outras estrelas

e turvam os olhos
da noite
obliteram
todas as luzes

e do escuro
vem o silêncio
do mundo

e não me deixam
ver o fundo claro
do meu ser

posso abraçar
o mundo
contigo?

o nosso tempo
de espera
termina em noite
luarizada

na última vez
que visitei os campos de prata
deixei minhas estrelas
sobre teu cabelo

e agora vivo
pela luz de ti

margens impossíveis

teoria

"Na poesia, objeto construído a partir do signo (em relação necessária entre o significante e o significado), o como é inseparável de o quê"
Inês Oseki-Dépré

a língua
metáfora
do real

pedra palavra
a pedra
mesmo
re
   presenta

a poesia
metáfora
da língua

pedra palavra
pedra
outra
se inventa

sentencioso

o poeta declara
tudo é
ou não é

incapaz
de *afasia*
        ou *epoché*
o poeta
a penas
            delira

claro&profundo

obscuro é
diferente
de profundo

claro enigma
de drummond
é claro
e

profundo
nejar com
árvore
do mundo

cabral com
          ç
educa   ão
          c
sem plumas

não se há
          de
se pa rar
clareza e
profundidade

nietzschiano

com ponteiros de palavra
cavei poços para dentro
onde sou mais sentimento:
pedra-dor calcificada

com ponteiros de palavra
marquei passagem do tempo:
comboio inviso e travento
nos lábios da madrugada

as vozes vindas do fundo
se transformaram em poesia
(flor sobre o rio-discurso)

meus nervos hoje sensíveis
são cordas na travessia
entre margens impossíveis

caminho

eu ia
e vinha
por via
de dois
sentidos
(pois)

com pé
na pala
vra
vinha eu
de poes
ia

diálogo

no diálogo
com as coisas
entro com a palavra
– para fazer delas
uma imagem

as coisas
retornam
com a imagem
– para me suscitar
a palavra

paradoxo:
a palavra
é uma coisa
(em si)
com imagem
                    adrede

passagem

as horas passam
e seu vácuo
tudo arrasta

a praça
fica (e também
passa)

com o passo
amiúde
ou escasso

vejo a praça
conto as horas
– passo

pesadelo

as roldanas
giravam
no meu sonho

elas me
prendiam
girando

circuito
de náusea
e assombro

girava-me
no sonho
as roldanas

lobo-homem

minhas unhas
crescem
à noite

quando arranho
os lençóis
do sono

a cada manhã
há um lobo
no espelho

quando procuro
os olhos
do homem

sinfonia

os automóveis
rasgam a tez
delicada
da manhã

as borboletas
inventam
jardins
na sarjeta

o céu inunda
meus olhos
depois da chuva

dentro des
sa sinfonia
mal executada

– o dia

barco frágil

meu barco
pescador
        por ora
         ancora
frágil
à margem
de águas vastas
onde pássaros
deitam
        suas asas
(de mar)
exaustas

escada

a escada
dura e fria
d
e
s
ç
o
seus degraus

engrenagens
para o ofício
do dia

horizonte

hoje – o horizonte
onde me encontro
entre amanhã
e ontem

amor fati

"Quero ser, algum dia, apenas alguém que diz sim"
Nietzsche

a pedra
não impede
        a trilha

o espinho
não impede
        a flor

o escuro
não impede
        a luz

a luta
não impede
        o amor

mar imenso

"a" anteposto
faz o mar
            maior

amar é
mar
imenso

"é" posposto
faz o mar
            maior

a maré
mar
imenso

luz&lama

o corpo é barragem
onde o azul
se reflete
com intensidade

sob a superfície
clara (todavia)
a água se turva
viscosa
              e fria

a alma é pescador
bizarro
cabeça no céu
e pés
              no barro

metáfora

arco-íris
a verdade
se afasta
continuamente
do atento
observador

não há
(ao pé)
cornucópia
          de ouro

pretensão

eternidade
é a maior
pretensão
do efêmero

idealismo

o alazão
(que pasta)
é ilusão

o cavalo
para os olhos
não o é
para a razão

o verdadeiro
cavalo
de platão

epicuro

nada vem do nada
nem em nada se dissolve
– matéria incriada

tudo subsiste em
átomos – que caem e tudo
formam – *clinamen*

corpo&alma

a alma é corpo
que se olha
no espelho

parte que se vê
distinta
de outras partes

na efemeridade
de sua duração
divaga

ao se olhar
no espelho
o corpo é alma

alma precária

o corpo é casa
onde a alma
se fecha
com suave
          aldrava

o corpo é frágua
onde a alma
se forja
com sopros
          de nada

o corpo é tábua
onde a alma
se salva
com o advento
          da água

densa matéria
não sublimada
o corpo
é precária
          alma

indiferença

a natureza é sábia
diz uma filosofia
antro
        po
            cêntrica

um gato sobe
na guajuvira
e caça a pomba
        no ninho

o felino desce
    da árvore
com o bigode
   em sangue

o caçador feli(z)no
não responde
pelas verdades
do homem

alegoria

1

o tempo é rio
o homem um barqueiro
guiado pelas fortes
          correntezas
que o levam ao
destino derradeiro:
o mar com assombro
sas profundezas

2

o homem manobra
o barco com ligeiro
esforço para nave
gar certezas
com águas claras
porto hospitaleiro
almas diversas por
          viver acesas

3

o rio continua
seu deságue
– devir que impõe
ao ser a condição
indefinida entre o
terror e a blague

4

além das margens
o desconhecido
a singularidade
o tempo não
há fora do homem
(pelo tempo ungido)

síntese

"The eternal mystery of the
world is its comprehensibility"
Albert Einstein

o universo
movimento
   p i
 s   o   r
e   d   a
     a l

(no interior
do próprio
espaçotempo)

o homem
um ponto
pensante

e deus
um ponto
pensado

feito homem

o homem
não demarca
território
feito cão
(a privada
onde urina
é pública)

ainda lavra
escritura
do que é seu

marca
        cerca
mata
        morre

feito homem

homini lupus

homem tem medo
do homem
que não tem
medo de homem
que se transforme
homini lupus
pela fome
dentro do homem
(que) sem lobo
no coração
o traz no abdômen

dor

a dor
é(n)sina

destaca
o prazer

toda vi(d)a
faz-se
cicatriz

na carne
do aprendiz

alienado

as coisas inexistentes
ganham forma
provisória
durante o sono

as coisas existentes
são autônomas
durante
a vigília

um demiurgo
quando dorme
um alienado
        diurno
        o homem

tempo

para o cientista
dimensão
do universo
pós-singularidade

para o metafísico
adveniência
do ser
          absoluto

para o poeta
(tempo é)
rio de margens
impossíveis

esperança

a esperança
é linha solta
na correnteza
        do hoje

anzol enroscado
nas pedras
do dia
        seguinte

pressuposto

um bando de andorinhas

faz verão

solstício

o sol derrete
as aldravas
do dia

a cidade veste
uma capa
de celofane

ponto fulgente
na paisagem
do pampa

todo ofício
é suor só
sob o solstício

arranha-céus

facas de cimento
ponta e fio contra
a pele da manhã

plano pendular

a pomba que dorme
no beiral mais alto
ao cair acorda (e voa)
em plena queda?

para a ave
que vive a voar
o chão é perigoso
p
l e
a n
n d
o u
l
a
r

fábula

"Era uma vez uma menina que vivia na aldeia, a mais bonita que fosse dado a ver e a quem todos chamavam Capuchinho Vermelho"
Charles Perrault

o lobo da noite
vomita
a cidade
que engoliu
antes de vir
o caçador
com espingarda
de sol

sábado

1

as violetas
(ab)sorvem
o azul
da janela
e pintam
um jardim
dentro de casa

2

as notícias
da manhã
contrastam
com o cheiro
de café
vindo da
        cozinha

3

granadas de sol
explodem
contra as
vidraças
e seus estilhaços
enchem as ruas
de claridade

4

nada melhor
que o ócio
para este dia
(insubstituível)
suspenso
seja todo
          ofício

déja-vu

você lembra
o que não viu
você viu
o que não lembra
– nunca esteve
num navio
mas quando
nele se adentra
lembra que
uma vez o viu
onde precisar
não sabe
num cais
perdido talvez
no meio
de tempestade
– você lembra
do navio
que o viu
em sonho
uma vez

amores

amores vêm
amores vão(-se)
como ondas
            d'água

trazem flores
quando vêm
sargaços vão
quando mágoa

amores vêm
amores voam
como pássaros
de arribação

mesmo que
pass(ar)em
amores não
vêm em vão

pescador

o mar
como um berço
de água
embala
o bom pescador
num frágil
lençol de tábua
saliva
        sangue
                suor

o peixe morre
com olhos
abertos (luz
azulada)
o tempo escorre
do espaço
em gotas
de madrugada

josé cansado
cochila
com o balanço
do mar
maria espera
na praia
em anáguas
        de luar

único

na cidade toda
havia
um poeta só

vinha e ia
pela via
de pó
pedra e poesia

um poeta só
da agonia
a cantares
das trevas
à epifania

um poeta só
havia
na cidade
(que quase
não o lia)

um decreto
pretensioso
fez poetas
todavia

um poeta só
palavrou
derrisou
trovejou
com o fato
novo que via

a galera
não ligou
fazendo-lhe
companhia

um poeta só
sem nada
sem não
nas redes
virou
viralizou
um poeta.com

paroquial

na prefeitura
          (zinha)
tudo girava
prefeitamente

kiss(met)

Para Vanessa Vancovicht Soares
(in memoriam)

quiz:
o destino?

por que
kiss?

queda

a flor
se despe
tal
    ao
vento

sobra
o
talo
morto

restos
do tom
          b
          o
(ab)
só
luto

Kotter Editorial
Rua das Cerejeiras, 194
82700-510 | Curitiba/PR
+55 41 3585-5161
www.kotter.com.br | contato@kotter.com.br

Impresso em Papel Pólen 90g/m²
tipologia predominante Bell MT 12/15 outono 2019